LES SCHTROUMPFS 2™

Le roman du film

Novélisation : Elizabeth Barféty.
Conception graphique : ANTARTIK
Hachette Livre, 43, quai de Grenelle, 75015 Paris.

LES SCHTROUMPFS 2

Le roman du film

hachette
JEUNESSE

La Schtroumpfette

Qui pourrait croire que
l'adorable Schtroumpfette
aux cheveux blonds a été créée
par Gargamel ?
Recueillie par les petits lutins,
elle mène une vie joyeuse avec eux !
Mais, parfois, elle se demande
encore qui elle est vraiment.

C'est le chef du village des Schtroumpfs. Respecté de tous, il est aussi très généreux. Grâce à ses talents de magicien, il parvient toujours à protéger son village. Et il est le seul à connaître la formule de l'essence bleue que convoite Gargamel...

Le Grand Schtroumpf

Schtroumpf Maladroit, Schtroumpf Grognon et Schtroumpf Coquet

À cause du Schtroumpf Maladroit, les voilà tous les trois partis pour une aventure dont ils se seraient bien passés ! Si le Schtroumpf Grognon passe son temps à râler, le Schtroumpf Maladroit fait tout de travers... Sans parler du Schtroumpf Coquet, terrifié par tout ce qui bouge !

Ils ont beau ressembler à des Schtroumpfs, ils ne sont que des « Canailles ». Et, d'ailleurs, ces deux-là adorent faire des bêtises ! Tout comme la Schtroumpfette, ils ont été créés par Gargamel. Pour se maintenir en vie, ils sont obligés de boire régulièrement de l'essence bleue...

Vexy et Hackus

1. L'anniversaire

— Il était une fois un village caché au fin fond des bois, dans lequel vivaient les petits Schtroumpfs, heureux et joyeux… Ils ne se doutaient pas que, non loin de là, le sorcier Gargamel mijotait un plan diabolique !

Le Schtroumpf Narrateur tourne la page de son livre d'histoire,

et un Gargamel en papier apparaît. Imitant la voix du sorcier, il reprend :

— Je fabrique ma propre créature pour qu'elle me conduise jusqu'aux Schtroumpfs !

Sur la page suivante, la Schtroumpfette est dessinée telle qu'elle était quand Gargamel l'a créée : avec de longs cheveux noirs et la peau pâle.

— Heureusement, la gentillesse, l'amour, ainsi que quelques gouttes de potion magique, bien sûr, ont permis au Grand Schtroumpf de transformer la créature de Gargamel en une adorable Schtroumpfette.

Le Schtroumpf Narrateur lève la tête et regarde ses camarades, tous réunis pour écouter son histoire autour d'une jolie mare, surplombée par une falaise. Tout en haut apparaît justement la Schtroumpfette, souriante.

Elle s'élance et exécute un magnifique plongeon. Les Schtroumpfs applaudissent à tout rompre, quand soudain…

— Stupides Schtroumpfs ! lance-t-elle d'une voix maléfique.

Effrayés, les Schtroumpfs voient ses longs cheveux blonds redevenir noirs…

et l'horrible Gargamel émerger de la mare derrière elle !

— Bien joué, ma fille ! s'écrie le sorcier, avant de…

— AAAH !

La Schtroumpfette se réveille en hurlant, tremblante. Le Grand Schtroumpf, assis au bord de son lit, la prend dans ses bras pour la consoler.

— À chacun de mes anniversaires, c'est la même chose, Grand Schtroumpf. Je fais ce terrible cauchemar. Je finis par me demander qui je suis vraiment…

— Comme je te le dis chaque année, Schtroumpfette, peu importe d'où tu viens. Ce qui compte, c'est qui tu choisis d'être.

Au même moment, dans le village, les Schtroumpfs organisent une fête d'anniversaire surprise pour la Schtroumpfette. Il ne faut surtout pas qu'elle le découvre...

Alors, quand elle sort de son champignon, les Schtroumpfs se dépêchent de cacher les cadeaux et les décorations qu'ils ont préparés pour l'occasion.

— Salut, les garçons ! C'est un jour particulier, aujourd'hui… Qui vient se promener avec moi ?

Mais ni le Schtroumpf Costaud, ni le Schtroumpf Téméraire, ni même le Schtroumpf Coquet n'acceptent sa proposition. Très déçue, elle s'enfonce dans la forêt en direction de la mare. « Ma place n'est peut-être pas ici, après tout… », songe-t-elle tristement.

2. Le grand sorcier

Pendant ce temps, très loin de là, dans une autre dimension…

Le sorcier Gargamel est devenu une immense star ! À New York, il a été filmé en train de soulever du sol un chauffeur de taxi d'un coup de baguette magique. On lui a alors proposé de monter un spectacle de magie, qui a connu un grand succès... Aujourd'hui, il se produit dans l'une des plus belles salles de Paris : l'Opéra Garnier.

Il est justement sur scène en ce moment même, en face d'un volontaire choisi dans le public, qu'il a hypnotisé grâce à sa baguette.

— Vous appartenez à Gargamel ! Dites-le ! ordonne le sorcier.

— Vous appartenez à Gargamel, répète l'homme.

— Non ! reprend Gargamel en tapant du pied. « Je », pas « vous » !

— Je pas vous, continue docilement le volontaire.

Gargamel perd son sang-froid et transforme l'homme en crapaud géant… sans se douter que ce dernier va avaler Azraël ! Quand le crapaud finit par recracher le chat, le public applaudit à tout rompre.

Une fois la représentation terminée, Gargamel et Azraël rejoignent leur véhicule, une calèche tirée par des chevaux, à l'aménagement intérieur très moderne, avec un bar et une télévision. Aussitôt installé, Azraël miaule d'un air accusateur.

— Arrête de me harceler à propos de l'essence bleue ! s'écrie le sorcier.

J'en ai extrait autant que je le pouvais du Grand Schtroumpf, à New York, la dernière fois.

Le sorcier plonge la main sous sa cape et en sort une petite fiole. Le liquide bleu n'en remplit qu'un quart.

— Il nous en reste suffisamment pour mettre mon plan diabolique à exécution, dit-il en rangeant la fiole. Ensuite, nous aurons plus d'essence de Schtroumpfs que dans nos rêves les plus fous !

Arrivés à leur luxueux hôtel, Gargamel et Azraël regagnent leur suite, où les attendent deux créatures de la taille d'un Schtroumpf, mais toutes pâles. Ce sont Vexy et Hackus, les nouvelles créations de Gargamel.

Le sorcier rit en les voyant pourchasser le chat, mais il retrouve rapidement son sérieux.

— Ce qui me ferait vraiment plaisir, mes Canailles, commence-t-il, c'est que vous puissiez produire de l'essence bleue, comme de vrais Schtroumpfs ! Vous me décevez beaucoup… Azraël, cesse de jouer et apporte-moi mon plan !

Tous se réunissent autour d'une tablette, sur laquelle défilent les étapes du plan diabolique de Gargamel.

— Étape 1 : créer des Canailles. C'est fait ! Étape 2 : créer un portail.

La tablette montre la tour Eiffel frappée par la foudre.

— Étape 3 : découvrir la recette de la potion magique du Grand Schtroumpf. Étape 4 : se détendre et savourer l'intelligence de mon plan. Étape 5 : extraire l'essence bleue.

Sous leurs yeux apparaît le Schtroumpfcolateur, une effrayante machine inventée par le sorcier pour extraire l'essence des Schtroumpfs.

— Ça fait mal ? demande Vexy, un peu inquiète, en se voyant représentée à l'écran, attachée à l'énorme machine.

— Non, pas du tout, répond Gargamel. Enfin, peut-être un tout petit peu. Continuons ! Étape 6 : abuser de mon pouvoir.

Ravi, le sorcier continue à passer d'une étape à l'autre et arrive bientôt à la fin de son énumération.

— Étape 39 : domination absolue du monde. Et, pour finir, l'étape 40 : destruction totale du village des Schtroumpfs ! Nous en sommes à la phase 2, annonce le sorcier. La tour Eiffel, cette merveilleuse antenne de fer, est le seul moyen de réunir assez d'énergie pour créer le portail qui me conduira directement au cœur du village des Schtroumpfs !

Gargamel attrape sa baguette et s'apprête à partir, quand la voix de Vexy, soudain très faible, l'arrête.

— C'est l'heure de nous nourrir, père.

En soupirant, le sorcier verse une goutte de sa précieuse essence bleue dans la bouche de chaque Canaille. Aussitôt, les deux créatures sont de nouveau pleines d'énergie.

Il faut peu de temps à Gargamel pour mettre son plan à exécution. Arrivé au sommet de la tour Eiffel, il crée un tourbillon d'énergie et réussit à ouvrir un portail dans l'un des bassins du jardin du Trocadéro, situé juste à côté. Mais ce qu'il n'avait pas prévu, c'est que le portail serait beaucoup trop petit pour lui ! Gargamel décide donc d'envoyer Vexy à sa place.

— Rapporte-moi la Schtroumpfette ! ordonne-t-il. Elle connaît le secret de la potion du Grand Schtroumpf.

Vexy se jette à l'intérieur du portail et réapparaît dans une autre dimension… au beau milieu d'une mare, juste sous le nez de la Schtroumpfette !

— Je me suis échappée de chez le sorcier maléfique qui m'a créée, lance la Canaille, essoufflée.

La Schtroumpfette s'avance pour l'aider. Dès que celle-ci est à sa portée, Vexy l'attrape et l'attire vers le portail.

— Au secours ! hurle la Schtroumpfette.

Le temps que les Schtroumpfs parviennent jusqu'à la mare, le portail est déjà en train de se refermer. La Schtroumpfette a été enlevée !

C'est la voix de Gargamel qui l'accueille de l'autre côté.

— Bienvenue à la maison, Schtroumpfette…

3. Une équipe de choc

Pendant ce temps, à New York, Grace et Patrick organisent un goûter d'anniversaire pour les 3 ans de leur fils, Blue.

— Vous êtes d'excellents parents, remarque l'un des invités. Patrick, tu as dû avoir un bon exemple pendant ton enfance !

— Pas vraiment, non, répond Patrick en fronçant les sourcils. Mon père est parti quand j'avais 5 ans…

Juste à ce moment-là, la porte d'entrée s'ouvre avec fracas. Un homme aux cheveux et aux vêtements en désordre surgit, les bras chargés de cadeaux.

— Bonjour ! dit-il aux invités. Je suis Victor Doyle, le père de Patrick.

— Mon beau-père, explique ce dernier, devant l'air perdu de ses invités. Qu'est-ce qu'il fait ici ? chuchote-t-il discrètement à Grace.

— Je l'ai invité pour l'anniversaire de Blue !

Victor commence à serrer tout le monde dans ses bras, et il termine par Patrick, qui lève les yeux au ciel, gêné.

— Rien de mieux qu'un câlin entre Doyle ! s'écrie Victor.

— Mon nom de famille, c'est Winslow, le corrige Patrick.

— Bon, Winslow-Doyle, alors ! propose Victor.

Patrick soupire.

Au même moment, à Paris, la Schtroumpfette tente de masquer sa peur.

— Vous perdez votre temps, Gargamel, les Schtroumpfs vont venir me délivrer !

— Si tu veux rentrer chez toi, il te suffit de me donner le secret de la potion du Grand Schtroumpf, répond le sorcier. Je l'utiliserai pour transformer mes Canailles et récupérer leur essence pour mon spectacle de magie. Si tu acceptes, je te promets que je ne vous embêterai plus jamais…

— Je ne vous crois pas !

— Tant pis pour toi ! J'ai de quoi

te faire changer d'avis. Canailles, à l'attaque ! ordonne-t-il.

Mais, au lieu de s'en prendre à la Schtroumpfette, Vexy et Hackus se sautent dessus. Puis ils foncent sur Azraël. Et quand Gargamel leur crie d'arrêter, ils finissent par attaquer… une lampe !

— Vous me décevez beaucoup… soupire Gargamel, en secouant la tête.

Au village, tous les Schtroumpfs sont réunis autour du Grand Schtroumpf.

— Lors de la dernière Lune Bleue, j'ai récupéré de l'eau de la grotte, et je l'ai transférée dans ces cristaux de schtroumpfportation. Nous n'avons pas besoin de portail : ces cristaux nous conduiront directement dans le champignon de Maître Winslow !

De nombreux Schtroumpfs se portent volontaires pour aller délivrer la Schtroumpfette.

— Je ne peux emmener que trois Schtroumpfs. Il va nous falloir du courage, de la force et de l'intelligence. J'ai donc choisi le Schtroumpf Téméraire, le Schtroumpf Costaud et le Schtroumpf à Lunettes.

Le Grand Schtroumpf s'avance pour distribuer les cristaux mais, au même moment, le Schtroumpf Maladroit trébuche et lui rentre dedans. Les cristaux volent dans les airs avant de

retomber dans la bouche du Schtroumpf Costaud, l'empêchant de respirer ! Le Schtroumpf Téméraire se précipite derrière lui et appuie d'un coup sec sur son torse. Ça marche : le Schtroumpf Costaud expulse les cristaux qui atterrissent… dans la bouche du Schtroumpf Grognon, du Schtroumpf Maladroit et du Schtroumpf Coquet !

— Oh, non ! s'exclame le Schtroumpf Maladroit.

Pop ! Pop ! Pop !

En une seconde, les trois Schtroumpfs ont disparu, téléportés à New York !

— Bon, soupire le Grand Schtroumpf en utilisant le dernier cristal, schtroumpfez-moi bonne chance !

À New York, la fête d'anniversaire est terminée. Grace et Patrick discutent dans la cuisine, pendant que Victor joue avec Blue dans le salon.

— Tu ne comprends pas, Grace. Victor a toujours tout gâché. Ça a commencé quand il a emménagé avec maman et moi. Il était allergique à mon perroquet, alors on a dû le donner !

Grace s'apprête à répondre, quand un bruit inquiétant leur parvient du salon. Le couple se précipite pour aller voir ce qu'il se passe, mais la porte de la cuisine est bloquée par un courant d'air géant.

Soudain... *BOUM !* Une minuscule chose bleue atterrit dans le salon. Victor, effrayé, tente de protéger Blue, quand une deuxième créature lui arrive en plein visage !

Deux autres petits lutins bleus apparaissent sous les yeux de Victor, qui saisit un sabre laser en plastique et essaie d'assommer les étranges visiteurs.

— Attention ! hurle le Schtroumpf Maladroit.

Depuis la cuisine, Grace et Patrick reconnaissent cette voix. La porte se débloque, et ils se ruent dans le salon.

— Arrête, Victor, ce sont nos amis ! On les appelle les Schtroumpfs, et ce sont d'adorables créatures !

— Pas moi ! souffle le Schtroumpf Grognon en croisant les bras.

Le Grand Schtroumpf fait les présentations et explique la raison de leur présence.

— La Schtroumpfette a été enlevée par Gargamel, dit-il. On doit les retrouver !

— Facile, déclare Patrick. Gargamel donne un spectacle à Paris.

Grace n'hésite pas une seconde. C'est décidé, ils partent en voyage ! Direction : la France !

. Une transformation inattendue

Dès leur arrivée à Paris, la mission de sauvetage commence !

— Les Schtroumpfs et moi, on va à l'Opéra pour voir si on trouve la Schtroumpfette, annonce Patrick.

— Moi, je me rends à l'hôtel de Gargamel, ajoute Grace. Victor, tu gardes Blue !

Patrick ne le sait pas encore, mais il a raison : Gargamel retient bien la Schtroumpfette dans les coulisses de l'Opéra. Il a tenté de l'hypnotiser pour obtenir la formule de la potion, sans succès. Il doit entrer en scène dans cinq minutes, et il est à court d'essence bleue.

— Heureusement, on a tout ce qu'il faut sous la main ! lance le sorcier, en ricanant.

Il brandit une paire de ciseaux et coupe une grosse mèche de cheveux de la Schtroumpfette. Puis il ouvre le passage secret qui le mène à son laboratoire, situé dans les égouts, sous l'Opéra. C'est là qu'il a installé le Schtroumpfcolateur…

— Surveillez-la pendant mon absence, ordonne-t-il à Vexy et Hackus avant de partir.

De son côté, Grace s'avance vers la réception de l'hôtel de luxe où réside Gargamel. Elle s'est habillée en femme très chic, avec de hauts talons et un grand chapeau.

— C'est un scandale ! crie-t-elle au concierge. Je suis l'agent de M. Gargamel, et mon client est très déçu par sa chambre !

— De la suite Napoléon, madame ? répond-il, étonné. Mais c'est notre meilleure chambre !

Ravie d'avoir obtenu l'information qu'elle cherchait, Grace tourne les talons et se dirige vers les ascenseurs. Impossible, toutefois, de les emprunter sans la carte de l'hôtel ! Elle jette alors un coup d'œil autour d'elle et remarque un panneau « Vestiaire des employés », qui lui donne une idée…

Patrick, lui, vient d'arriver à l'Opéra. Il se glisse dans la salle alors que le spectacle commence.

— Bonsoir, indignes admirateurs ! tonne le sorcier, en apparaissant dans un nuage de fumée.

Profitant de la présence de Gargamel sur scène, Patrick se dirige vers les coulisses, où il est rapidement arrêté par un garde. Il fait diversion, pendant que les Schtroumpfs se faufilent discrètement vers la loge du sorcier.

Cependant, ils ne sont pas seuls dans les coulisses : Azraël y observe le spectacle de son maître. Tout à coup, il sent une odeur qu'il connaît bien… celle des Schtroumpfs ! Il doit prévenir Gargamel !

Sans perdre une minute, le chat se précipite sur scène. Gargamel n'a d'autre choix que de prétendre qu'il fait partie du spectacle… et le transforme en un chat géant ! Cette fois-ci, quand Gargamel demande un volontaire pour le rejoindre, personne ne se manifeste. Patrick essaie de se faire le plus discret possible au milieu des autres spectateurs. Soudain, il tombe nez à nez avec Victor et Blue ! Furieux, il ordonne à Victor de ramener Blue à l'hôtel. Mais au lieu de lui obéir, son beau-père interpelle Gargamel :

— Hé, le magicien ! Tu vas nous rendre la Schtroumpfette, maintenant ?

Surpris, le sorcier le dévisage un instant, puis il lève sa baguette et lui jette un sort qui le transforme en canard ! Satisfait, Gargamel se tourne ensuite vers Patrick. D'un coup de baguette, il le fait voler dans les airs, droit vers la gueule grande ouverte d'Azraël. Il va être dévoré !

Heureusement, le canard Victor fonce sur Gargamel et réussit à détourner la baguette du sorcier avant qu'il ne soit trop tard ! Le jet de magie ramène Azraël à sa taille normale, et Patrick et Victor en profitent pour s'échapper.

Le public, ravi, se lève pour applaudir Gargamel qui salue, puis se précipite en coulisses. Ce soir, le spectacle ne s'est pas vraiment déroulé comme prévu…

Pendant ce temps, la Schtroumpfette n'est pas restée sans rien faire : elle a profité de l'absence du sorcier pour s'échapper ! Les Canailles se sont aussitôt lancées à sa poursuite. Du coup, quand les Schtroumpfs parviennent enfin dans la loge de Gargamel, celle-ci est vide. Ils décident de la fouiller, et le Schtroumpf Grognon découvre le passage secret qui mène au laboratoire du sorcier. Le Schtroumpf Maladroit, lui, trébuche sur la tablette.

— C'est une sorte de fenêtre magique, explique le Grand Schtroumpf en l'examinant.

Soudain, ils entendent un bruit de pas dans le couloir et se précipitent à l'intérieur du passage secret, juste à temps pour ne pas être vus par Gargamel. Prudents, ils descendent les

escaliers, pour s'éloigner le plus possible du sorcier.

— Mes Canailles ? Schtroumpfette ? Où êtes-vous ? Papa est de retour !

Comme il n'obtient aucune réponse, Gargamel se tourne vers Azraël.

— Ils ont dû rentrer à l'hôtel. Allons-y !

Plongés dans le noir, les Schtroumpfs allument la tablette pour voir autour d'eux. Et ce qu'ils découvrent les horrifie : le Schtroumpfcolateur !

— Regardez ! dit le Schtroumpf Maladroit en montrant la tablette.

Sur l'écran, tous peuvent lire : « Étape 40 : destruction totale du village des Schtroumpfs ». C'en est trop pour le Schtroumpf Coquet, qui s'évanouit.

À l'extérieur de l'Opéra, la Schtroumpfette court aussi vite qu'elle peut, poursuivie par les Canailles. Gargamel et Azraël, eux, rejoignent leur calèche et sont surpris d'y trouver Odile, la patronne de Patrick.

— Vous me devez toujours le secret du rajeunissement, rappelle Odile au sorcier. À New York, vous avez enlevé vingt ans à ma mère d'un simple coup de baguette. Même ma fille adolescente est intéressée par votre secret. Et je vous assure que quand elle veut quelque chose, elle l'obtient !

— Alors, comme ça, vous avez une fille têtue ? demande Gargamel, soudain intrigué. Et comment faites-vous pour la convaincre de faire quelque chose ?

Odile réfléchit, puis finit par répondre :

— J'utilise la gentillesse ! Je la félicite ou je lui offre des cadeaux…

— Hum, murmure Gargamel, la flatterie et la corruption… Intéressant…

Satisfait de son nouveau plan, le sorcier éjecte Odile de la calèche.

5. Familles

Au fur et à mesure qu'elle découvre les rues de Paris, la Schtroumpfette ne peut s'empêcher de ralentir pour regarder autour d'elle : tout est si magnifique ! Les Canailles n'ont donc aucun mal à la rattraper. Mais Vexy n'a pas l'intention de la ramener de force à l'hôtel. Non, son plan est bien plus malin… Enfin, encore faudrait-il que son imbécile de frère ne fasse pas tout rater. Elle se penche vers Hackus et lui chuchote :

— Tu vois ce magasin de bonbons, en face ? Vas-y et débrouille-toi pour t'attirer des ennuis, OK ?

— Hackus adore les ennuis ! répond-il en se précipitant vers la boutique indiquée par sa sœur.

— Tu n'en as pas assez d'être toujours toute seule ? demande Vexy à la Schtroumpfette en la rejoignant. Je ne t'ai pas enlevée, tu sais. Je t'ai ramenée à la maison !

Des cris affolés proviennent du

magasin de bonbons, dont tous les clients sortent en courant. Vexy et la Schtroumpfette aperçoivent le propriétaire et son assistant : ils poursuivent Hackus.

— Il va se faire tuer ! hurle Vexy. Tu viens m'aider ?

Après quelques secondes d'hésitation, la Schtroumpfette la suit. Même si c'est une Canaille, Hackus ne mérite pas de finir écrasé ! Les deux filles sautent sur les bonbons, sèment la pagaille et s'entraident pour distraire le propriétaire, récupérer Hackus et s'enfuir à bord d'un caddie.

— C'était amusant, non ? s'exclame Vexy en riant.

Mais les petites créatures n'ont pas

le temps de souffler ! Un choc les éjecte du chariot... À cet instant, la calèche de Gargamel passe par là, et Azraël les repère. Aussitôt, le chat les prend en chasse ! La course-poursuite les conduit tout près d'une fontaine, où se déroule une séance photo. Deux cigognes sont présentes pour l'occasion.

— Vite, grimpez sur leur dos ! ordonne la Schtroumpfette à Vexy et Hackus.

Quelques instants plus tard, ils s'élèvent tous les trois dans les airs. Vexy est ébahie par le spectacle de Paris vu d'en haut.

— Tu fais souvent ce genre de chose avec tes sœurs, au village ?

— Voler ? Oui ! répond la Schtroumpfette. Mais je n'ai pas de sœur...

— Maintenant, tu en as une ! déclare Vexy avec un grand sourire.

Quelques mètres plus bas, Patrick sort de l'Opéra, Blue sous le bras. Victor, toujours transformé en canard, le suit aussi vite que ses petites pattes le lui permettent. Un peu plus loin, ils rejoignent les Schtroumpfs, qui ont gagné la rue depuis les égouts.

— On doit retrouver la Schtroumpfette, et vite ! déclare le Grand Schtroumpf.

Leur première tentative de sauvetage a échoué, et ils ont désormais connaissance du danger qui guette tous les Schtroumpfs… Ensemble, ils retournent à l'hôtel, où ils expliquent la situation à Grace. Cette dernière est très surprise de découvrir Victor changé en canard, mais le Grand Schtroumpf la rassure : la transformation n'est que temporaire.

Tous réfléchissent à un nouveau plan. Mais le Schtroumpf Grognon se montre très négatif, comme à son habitude… Ce qui est inhabituel, en revanche, c'est que Victor se mette en colère !

— Personne n'a jamais rien accompli de positif en étant aussi négatif ! martèle le canard.

Grace en profite pour annoncer une bonne nouvelle : elle a emprunté un uniforme de l'hôtel de Gargamel, ainsi qu'une carte magnétique pour accéder à sa suite. Le plan est tout trouvé !

Patrick enfile l'uniforme et réunit les Schtroumpfs. Bien entendu, Victor veut les accompagner… mais Patrick refuse catégoriquement. Pas question que son beau-père vienne tout faire rater !

— Cette fois-ci, j'en suis sûr, on va sauver la Schtroumpfette ! s'écrie le Schtroumpf Grognon, à la surprise générale.

Devant l'air ébahi de ses amis, il ajoute :

— À partir de maintenant, je suis le Schtroumpf Positif !

Pendant le voyage en taxi, Patrick appelle l'hôtel de Gargamel. En imitant la voix du sorcier, il commande un repas à livrer dans sa suite. En arrivant, il file droit vers les cuisines, et bingo ! Le chariot pour Gargamel est prêt. Il n'a plus qu'à le pousser jusqu'à l'ascenseur.

Les Schtroumpfs se cachent sur le plateau, tandis que Patrick passe la carte magnétique pour monter au 5e étage. Mais alors que tout se déroule comme prévu, il entend la voix de Victor ! Dissimulé derrière une plante, le canard lui fait signe de le rejoindre. Patrick soupire et se dirige vers lui.

— Heureusement que je suis là ! lance Victor, très fier de lui. Tu as oublié la carte. Sans moi, tu restais bloqué ici…

Mais Patrick secoue la tête en montrant sa carte magnétique.

— C'est la clef de notre chambre que tu as apportée !

Furieux, il se retourne… et voit les portes de l'ascenseur se refermer sous son nez ! Patrick ouvre la bouche pour hurler, puis la referme en voyant un des cuisiniers de l'hôtel attraper Victor.

— Qu'est-ce que tu fais ici, toi ? Je te ramène en cuisine ! On a besoin de toi pour le canard à l'orange de ce soir !

Le regard hésitant de Patrick va de l'ascenseur à Victor, et inversement. Mais il sait que son beau-père a besoin de lui… Les Schtroumpfs devront se débrouiller tout seuls !

6. Schtroumpfette... ou Canaille ?

Quand les portes de l'ascenseur s'ouvrent au 5e étage, un serveur aperçoit le chariot abandonné. Il regarde le ticket et décide de l'apporter jusqu'à la suite de Gargamel. À l'intérieur, il ne trouve qu'Azraël.

— Bonjour, le chat ! lance-t-il. Le repas est servi !

Toujours cachés sur le plateau, les Schtroumpfs discutent de la marche à suivre. Mais le Schtroumpf Maladroit est résolu à foncer : il écarte la cloche d'un grand coup de pied et se met en position de karaté…

Le serveur hurle et repousse violemment le chariot. Celui-ci va s'écraser contre la fenêtre en projetant les Schtroumpfs sur le balcon. Par chance, ils réussissent à agripper le garde-fou. Toutefois, ils ne sont pas encore sauvés : Azraël les a repérés et s'apprête à bondir. Heureusement, c'est à cet instant que la Schtroumpfette et les Canailles,

toujours à dos de cigognes, font leur apparition. Ravie de pouvoir embêter Azraël, la Schtroumpfette l'emprisonne sous un seau à champagne.

Puis les oiseaux repartent, et Hackus ferme la fenêtre. La Schtroumpfette ne le sait pas, mais les Schtroumpfs ne sont qu'à quelques mètres d'elle, piégés sur le balcon ! Et quand ils la voient serrer Vexy dans ses bras, ses amis s'interrogent…

Soudain, les portes de la suite s'ouvrent.

— Papa est rentré ! annonce Gargamel. Et j'ai apporté un cadeau !

Il tend un paquet à la Schtroumpfette.

— Bon anniversaire, ma chérie !

La Schtroumpfette déballe le cadeau et découvre une figurine de Gargamel, avec une petite baguette, qu'elle examine de plus près.

— Regarde ! Tu as ta propre baguette magique ! s'écrie Gargamel. Ça te plaît ? Oh, mais j'ai oublié de l'activer ! ajoute-t-il, en y versant une goutte d'essence bleue.

— Qui vous dit que je ne vais pas l'utiliser contre vous ? demande la Schtroumpfette.

— Eh bien, bredouille Gargamel, qui n'y avait visiblement pas pensé, parce que je suis ton père, voyons !

La Schtroumpfette semble hésiter un instant, puis teste sa baguette sur Azraël. Elle dirige ensuite la baguette vers un grand miroir. Celui-ci réfléchit son éclair de magie, qui file droit vers les Schtroumpfs, toujours coincés sur le balcon. Précipités en arrière, ils chutent dans le vide !

Quelques étages plus bas, Patrick s'est faufilé dans les cuisines pour récupérer Victor. Tous deux sortent dans la rue juste au bon moment. Victor entend le cri des Schtroumpfs, tend une aile pour les rattraper… et se retransforme soudain en humain ! Les Schtroumpfs atterrissent sur Victor et rebondissent sans se faire mal. Sauvés !

Une fois de retour à leur hôtel, Patrick enrage. Il ne digère pas l'échec de sa mission. Pour lui, tout est encore la faute de Victor, et il ne se prive pas de le lui dire. Il lui reproche même l'épisode du perroquet. Victor saisit cette occasion de lui expliquer la vérité. C'est Patrick qui était allergique à l'oiseau. Victor a fait semblant d'être responsable du départ de l'animal pour que le petit garçon ne culpabilise pas…

— Écoute-moi bien, Patrick, poursuit Victor. J'ai choisi de t'aimer comme si tu étais mon fils. Je t'ai donné autant que j'ai pu. Mais, aujourd'hui, tu m'as clairement fait comprendre que j'étais de trop. Je m'en vais !

Puis il tourne les talons et quitte la chambre, sous le regard navré de Grace.

Se sentant un peu idiot, Patrick sort prendre l'air sous le porche de l'hôtel. Il y retrouve le Grand Schtroumpf, qui semble réfléchir, lui aussi.

— Puis-je vous demander un conseil, Maître Winslow ? C'est à propos de la Schtroumpfette. J'ai fait tout ce qui était en mon pouvoir, mais sa transformation en Schtroumpf n'est pas complète… Elle reste la création de Gargamel. Finalement, elle n'est un Schtroumpf que tant qu'elle choisit d'en être un. Je ne sais pas si j'en ai fait assez…

— Vous avez fait d'elle ce qu'elle est aujourd'hui ! répond Patrick, surpris des doutes du Grand Schtroumpf. Vous l'avez aimée comme l'une des vôtres.

Patrick fait une pause. Il vient de comprendre ce que Victor a fait pour lui.

— L'amour que vous lui avez donné est très précieux, termine-t-il. Je suis sûr qu'elle s'en rend compte.

Rassurés par leur conversation, Patrick et le Grand Schtroumpf rentrent dans l'hôtel.

— On doit retourner à l'Opéra et sauver la Schtroumpfette ! annoncent-ils.

— Mais vous l'avez vu vous-même, proteste le Schtroumpf Maladroit, elle est une des leurs, maintenant !

— Pas question de l'abandonner, répond le Grand Schtroumpf. Quand nous l'avons rencontrée, elle a changé parce que nous avons cru en elle. Et je ne compte pas arrêter aujourd'hui !

Tous se mettent en route. Une fois arrivés, les Schtroumpfs trouvent un

passage vers les égouts, mais il est bien trop petit pour Patrick.

— Allez-y, dit-il, sauvez la Schtroumpfette. Je trouverai bien une bouche d'égout pour vous rejoindre !

7. La formule magique

Après une après-midi mouvementée, pendant laquelle la Schtroumpfette a expérimenté le pouvoir de sa nouvelle baguette magique, Gargamel la conduit avec les Canailles jusqu'à son laboratoire secret. Là, il fait apparaître un gâteau d'anniversaire.

— Fais un vœu, Schtroumpfette. Dis-moi ce que tu désires, et ce sera à toi ! En échange, je ne veux qu'une chose : la formule !

— Désolée, mais je ne peux pas vous la donner. Je ne trahirai pas le Grand Schtroumpf !

C'en est trop pour Gargamel. Il perd patience et se met à hurler. Tout à coup, Vexy l'interrompt d'une voix faible.

— Père…

La Schtroumpfette se retourne pour observer les deux Canailles : elles sont toutes blanches et tiennent à peine debout !

— Oh, tu ne savais pas ? commence Gargamel, ravi. Tes nouveaux amis ont besoin d'essence pour vivre… Alors, si tu ne veux pas qu'ils meurent, tu ferais bien de me donner cette formule !

Le regard désespéré de Vexy décide la Schtroumpfette. Elle attrape le papier que lui tend Gargamel et se met à écrire.

De leur côté, les Schtroumpfs viennent d'arriver dans les égouts.

— On se sépare ! dit le Grand Schtroumpf. Schtroumpf Coquet et moi, on va vers le laboratoire de Gargamel. Schtroumpf Maladroit et Schtroumpf… euh… Positif, vous allez retrouver Maître Winslow !

Justement, Patrick, lui, est toujours dans la rue, où il essaie, sans succès, de soulever une plaque d'égout. Soudain, il voit apparaître Victor. Bien décidé à ne pas rejeter son beau-père une nouvelle fois, Patrick accepte son aide et, ensemble, ils réussissent à descendre dans les égouts.

Ils sont rapidement rejoints par les Schtroumpfs Maladroit et Grognon. Grâce à Victor, ils ont une idée pour aider leurs amis. Et pour cela, il faut couper le courant ! Manque de chance, le générateur est protégé par une grille. Seuls les deux Schtroumpfs peuvent s'en approcher.

Un peu plus loin, le Grand Schtroumpf et le Schtroumpf Coquet progressent, eux aussi, dans les égouts. Ils parviennent devant un tuyau, que le Grand Schtroumpf marque d'un « S » bleu pour indiquer le chemin qui mène au laboratoire de Gargamel. Malheureusement, une fois

au bout du tuyau, ils sont bloqués par une grille. Le Schtroumpf Coquet utilise son miroir, qu'il glisse à travers les barreaux, pour observer le laboratoire... Et ce qu'il découvre les inquiète beaucoup : la Schtroumpfette est en train de révéler la formule à Gargamel !

— Maintenant, donnez-leur de l'essence ! supplie la Schtroumpfette.

Aussitôt, le Grand Schtroumpf comprend ce qui s'est passé : la Schtroumpfette a voulu sauver la vie des Canailles.

Il ne faut pas longtemps à Gargamel pour fabriquer la potion. Il en verse une goutte dans la bouche de Vexy et d'Hackus, et l'effet est immédiat : non seulement ils sont de nouveau en pleine forme, mais, en plus, ils deviennent tout bleus !

Pourtant, ils n'ont pas le temps de se réjouir : Gargamel les attrape et les attache sur sa terrible machine. La Schtroumpfette ne tarde pas à les rejoindre.

Le Grand Schtroumpf secoue la grille pour essayer de la faire tomber quand, soudain, le Schtroumpf Coquet remarque une vis mal fixée. Si seulement il arrivait à la retirer, il pourrait enlever la grille. Peu importe s'il doit se salir en plaquant son visage sur le métal sale, il est prêt à tout pour sauver la Schtroumpfette !

Un peu plus loin dans les égouts, le Schtroumpf Maladroit porte le Schtroumpf Grognon sur ses épaules pour lui permettre d'atteindre le levier du générateur.

— Il y a un côté « + » et un côté « - » ! crie le Schtroumpf Grognon.

Il hésite un instant, puis se décide.

— Il faut toujours être positif ! dit-il.

ZAP ! Il reçoit une forte décharge électrique. Puis, d'un seul coup, toutes les lumières s'éteignent.

Dans le laboratoire, Gargamel appuie sur le bouton du Schtroumpfcolateur, mais rien ne se produit. Sans courant, impossible de faire fonctionner la machine…

— Viens, Azraël, dit-il. On va devoir faire appel au pouvoir de la foudre une nouvelle fois !

Et il quitte le laboratoire.

C'est justement à ce moment-là que

le Schtroumpf Coquet parvient à retirer la vis de la grille. La voie est libre, le Grand Schtroumpf et lui se précipitent pour libérer la Schtroumpfette.

— Elle nous a sauvé la vie, leur explique Vexy.

— Je suis fier de toi, déclare le Grand Schtroumpf.

Ils sont bientôt rejoints par le Schtroumpf Maladroit et le Schtroumpf Grognon, qui ont suivi la marque laissée par le Grand Schtroumpf. Victor et Patrick, eux, ont dû chercher un autre chemin puisqu'ils ne pouvaient pas passer par le tuyau.

Il ne s'écoule que peu de temps avant que l'électricité revienne. Gargamel a réussi à diriger la foudre vers le circuit électrique pour qu'elle alimente l'Opéra… et sa terrible machine ! Il n'y a pas de temps à perdre, il faut fuir. Bien entendu, la Schtroumpfette refuse d'abandonner les Canailles. Et, alors que les Schtroumpfs sont en train de les détacher, le rire diabolique de Gargamel s'élève derrière eux.

Les Schtroumpfs sont pris au piège ! Le sorcier les capture tous et les attache au Schtroumpfcolateur, qu'il met immédiatement en marche. L'essence bleue remplit peu à peu un grand réservoir en verre. Gargamel désigne une immense baguette en forme de dragon.

— Il me faut suffisamment d'essence pour la remplir, annonce-t-il. Dès qu'elle sera prête, je m'en servirai pour créer un portail vers le village des Schtroumpfs et je les placerai tous dans ma machine !

— Je ne crois pas, Gargamel ! lance Patrick en arrivant dans le laboratoire.

Avec l'aide de Victor, il brise le réservoir. L'essence bleue forme une vague formidable, qui emporte tout sur son passage et laisse derrière elle un sillage de fleurs. Les Schtroumpfs, les Canailles, Patrick et Victor sont entraînés dans les égouts jusque sur le trottoir, devant l'Opéra !

— Tout le monde va bien ? demande Patrick, en regardant autour de lui.

— Oui, tout schtroumpfe ! le rassure le Grand Schtroumpf.

Un taxi s'arrête, et Grace et Blue en sortent. La Schtroumpfette présente tous ses amis aux Canailles, y compris le Schtroumpf Grognon, qui, depuis qu'il a reçu une décharge électrique, a décidé de renoncer à son attitude positive !

— Le Schtroumpf Grognon est de retour ! déclare-t-il fièrement.

— Et moi aussi ! lance une voix diabolique dans leur dos.

3. Deux nouveaux Schtroumpfs !

Gargamel lève son énorme baguette et la pointe vers les Schtroumpfs… Mais Vexy et la Schtroumpfette n'ont pas l'intention de se laisser faire. Elles ont repéré un bout de métal et s'en servent pour propulser Vexy droit sur le sorcier ! La Canaille atterrit sur la baguette, qu'elle détourne. Puis elle réussit à sauter à terre, tandis que Gargamel est projeté dans la rue par une décharge de magie. Il ricoche d'immeuble en immeuble, avant de tomber dans les catacombes ! Et ce n'est que le début : il dégringole ensuite dans une station de métro, rebondit sur la cathédrale Notre-Dame, puis termine sa course tout en haut de la tour Eiffel. Pas de chance… c'est le 14 juillet ! Les feux d'artifice explosent dans tous les sens et envoient le sorcier loin, très loin dans le ciel…

Tout est redevenu calme devant l'Opéra. Il est temps pour les Schtroumpfs de rentrer chez eux… Mais

comment emmener Vexy et Hackus avec eux ? Le Grand Schtroumpf n'a emporté avec lui que cinq cristaux ! Heureusement, il reste un peu d'essence dans la baguette de la Schtroumpfette, ce qui lui permet d'en créer deux de plus.

Après avoir dit au revoir à Patrick et à sa famille, les Schtroumpfs utilisent leurs cristaux, et *POP !* Ils disparaissent.

L'instant d'après, ils apparaissent sur la place du village des Schtroumpfs, où tous les autres Schtroumpfs les attendaient avec impatience.

— Je vous présente deux nouveaux Schtroumpfs ! annonce fièrement la Schtroumpfette, alors que surgissent Vexy et Hackus.

Puis elle regarde autour d'elle et se rend compte que le village est entièrement décoré comme pour une grande fête.

— Bon anniversaire, Schtroumpfette ! s'écrient en chœur tous les Schtroumpfs.

Et tous se mettent à chanter et à danser joyeusement.

Loin, très loin de là, Gargamel hurle tandis qu'il retombe vers la terre. Il utilise le peu d'essence qui reste dans sa baguette pour ralentir sa chute. Et le jet de magie crée un nouveau portail qui engloutit le sorcier. Où va-t-il réapparaître ? Nul ne le sait…

FIN

Table

PAPIER À BASE DE FIBRES CERTIFIÉES

hachette s'engage pour l'environnement en réduisant l'empreinte carbone de ses livres. Celle de cet exemplaire est de : 450 g éq. CO_2
Rendez-vous sur www.hachette-durable.fr

Photogravure Nord Compo - Villeneuve d'Ascq

Imprimé en Roumanie par G. Canale & C. S.A.
Dépôt légal : juillet 2013
Achevé d'imprimer : décembre 2013
20.3964.2/03 – ISBN 978-2-01-203964-3
Loi n° 49956 du 16 juillet 1949
sur les publications destinées à la jeunesse